Charisma

Anais C. Miller

Hoffnung ist nicht die Überzeugung, dass eine Sache gut ausgeht. Hoffnung ist die Überzeugung, dass etwas Sinn macht, egal wie es ausgeht!

Platzhalter für persönliche Widmungen

Liebe Leser,

Das Bild zeigt "Charisma" und mich. Die Geschichte, die ich Euch erzählen möchte, beruht auf wahren Tatsachen.

Vorwort

Kurz etwas zu meiner Wenigkeit. Ich war bis 2011 eine begnadete Springreiterin und jedes Wochenende mit meinem blauen klapprigen Pferde LKW unterwegs, um auf den Turnieren nach „Schleifen", „Pokalen" und sonstigen Anerkennungen zu „jagen". Sehr verbissen und ehrgeizig übte ich meinen Sport mit einer Hingabe und Leidenschaft aus, die bald als krankhaft zu bezeichnen gewesen wäre. Ich war von Ehrgeiz zerfressen. Kein Sprung war mir zu hoch, kein Anreiseweg zum Turnierplatz zu weit und der Wecker klingelte manchmal mitten in der Nacht und ich sprang aus dem Bett wie ein junges Reh. Wenn der Krachmacher zu den Arbeitszeiten in meinem Beruf Alarm schlug, ich meinen Hintern währenddessen nicht nur annähernd an die Bettkante bewegen konnte. Reitsport war für mich Faszination und Lebensfreude pur. Das war meine Passion! Ich hatte es gut drauf. Ich war erfolgreich und errang in dieser Zeit alles, was man nur erringen konnte im Springparcours. Nach mehreren Unfällen musste ich dann leider kürzer treten und durch eine zufällig entdeckte Herzschwäche, die Verursacher für meine Atemnotanfälle waren, den Reitsport irgendwann an den Nagel hängen. Den Anforderungen war ich nicht mehr gewachsen. Konditionell und auch nervlich nicht. Physisch und psychisch war ich leider in meinem Lieblingssport am Ende angelangt. Das war ein harter Schlag, aber gut, so ist das Leben. Meins schien mit Ende 30 hinsichtlich meiner sportlichen Karriere bereits beendet. Heute bin ich 40 Jahre alt. Ich reite in meiner Freizeit noch ein wenig, wenn es die Zeit erlaubt und beherberge zuhause auf meinem Pferdehof mindestens an die 10 Pferde. Turnierpferde zum größten Teil. Ich stelle sie talentierten Reiterinnen zur Verfügung, die nicht die Möglichkeit haben, sich ein eigenes Pferd zu leisten. Das funktioniert gut und somit bin ich nicht ganz aus dem Geschehen raus! So kann ich meine Wochenenden immer noch auf den Turnierplätzen verbringen, die Luft der Pferde schnuppern, die nach Erfolg und Niederlage duftet. Der Nervenkitzel ist auch noch da, es kribbelt in mir und oftmals verspüre ich den Drang, selbst wieder in den Sattel zu steigen und loszulegen. Gut, also in meinen Venen fließt das Pferdeblut. Das Autorenblut sicherlich weniger. Ich habe das Schreiben nicht gelernt. In der Schule war ich in Deutsch nicht unbedingt schlecht, aber um ein richtig gutes Buch zu schreiben, sollte man sehr wortgewandt, belesen und intelligent zumindest auf dem Gebiet der Grammatik und Rechtschreibung sein. Da schwächel ich! Leider! Aber je mehr Bücher man von mir liest, desto mehr stellt der Leser fest, hey, die Anais, die verbessert sich zusehends, die Texte werden flüssiger, interessanter, diese lausige Hobbyautorin spielt mit den Wörtern, es wird tatsächlich besser hinsichtlich der Schreiberei! Ich gebe mir Mühe! Mir schrieb jemand hier in den Rezensionen, das Buch Charisma wäre nicht gut und nicht jeder müsse Bücher schreiben. Stimmt, gebe ich der Person absolut Recht! Aber! Ich habe die Geschichte live und in Farbe erlebt! Alle Dinge, die ich schreibe, sind Tatsachenberichte und authentische Geschichten. Und eine Geschichte wie Charisma oder Classic Star, die gehören einfach erzählt und der Erfolg hinsichtlich der verkauften Exemplare gibt mir Recht! Das soll nicht hochnäsig sein, auf keinen Fall! Aber die Geschichten sollen doch auch keine perfekten Bücher darstellen, an denen sich Professoren laben, ich bin doch keine Perfektionistin! Ich schreibe, weil es mir Spaß macht. Meine Bücher sollen echt sein! Den Leser berühren, das wünsche ich mir! Mut machen möchte ich meinen Lesern! Hoffnung und Glauben schenken! Dafür ist die Geschichte von Charisma ein wundervolles Beispiel!

Ich sage Danke! Danke, dass Ihr hier seid und Euch die Geschichte einmal ansehen möchtet! Verzeiht mir bitte Mängel im Ausdruck, den ein oder anderen Rechtschreibfehler, seid bitte nicht auf der Suche nach einem hochgestochenen Manuskript, in dem es vor Ausdrücken, die niemand versteht, nur so wimmelt, sondern erfreut Euch an einer Geschichte, die im Herzen berühren wird! Glaubt bitte immer an das Gute im Leben! Es gibt sie, Wunder! Ich habe eines erlebt! Davon möchte ich Euch in diesem Buch erzählen! Danke!

-Anais-

Für alle Beteiligten, die jemals mit diesem Pferd zu tun gehabt haben, ist die Hannoveraner Stute „Charisma" von Carbid (Calypso II) ein Wunder.

Trotz einer komplizierten Trümmerbruchfraktur ihres Ellenbogens, kämpfte Charisma sich zurück ins Leben.

Ich bin sehr dankbar, dass ich Charisma kennenlernen durfte und ich freue mich, dass auch Ihr die Geschichte von Charisma erfahren möchtet…

Die Geschichte eines Pferdes, die einfach wunderbar und unglaublich ist!

Für Charisma:

Es hätte mir das Herz gebrochen, dich töten zu müssen!

Es hat mir das Herz gebrochen, dich so leiden zu sehen.

Es brach mir das Herz, dir nicht anders helfen zu können, außer dir die Freiheit für 7 Monate zu nehmen.

Es tat mir im Herzen sehr weh, dich entgegen des Tierschutzgesetzes 7 Monate lang einzusperren!

Es hat mir das Herz zerrissen, nicht zu wissen, ob meine Entscheidung die richtige war.

Heute 4 Jahre später, weiß ich, dass wir beide alles richtig gemacht haben.

Mein Herz ist wieder frei und glücklich.

Genau wie deins.

Wir haben uns beide geheilt und gerettet.

Gegenseitig.

Ich habe dich sehr lieb und werde dich niemals vergessen

Danke, dass du in mein Leben gekommen bist.

Leserkommentar:

Ich durfte die die Geschichte Probe lesen und sie hat mich sehr berührt.

Eben weil sie authentisch und real erlebt worden ist.

Anais C. Millers Schreibstil empfinde ich als „gewöhnungsbedürftig" aber er gefällt mir sehr gut.

Präzise, spannend und auf den Punkt gebracht. Kein Geschwafel. Ein Buch, das ich gut verstehen kann und in das ich mich integriert fühle.

(Susanne Schulte, Eslohe Sauerland)

Charisma

... oder Wunder gibt es

Vor 4 Jahren begegnete ich einem Pferd...

Nein, ich möchte sagen, ich durfte einem Pferd begegnen.

Heute weiß ich, dass diese Begegnung ein Geschenk war.

Vielleicht ein Geschenk des Himmels oder aber eine Lektion meines Lebens. Charisma, ihr Name ist für mich von großer Bedeutung. Ein Pferd mit einem Herz, das so riesig ist, dass die halbe Welt dort Platz nehmen könnte.

Und wir müssen ihr gut zuhören, denn sie hat uns viel zu erzählen, diese Stute! Vor allem mir hat sie Dinge "erzählt" und "gezeigt", dass ich heute noch, vier Jahre später, weinen muss, wenn ich mich voller Ehrfurcht und Respekt an Charisma erinnere! Vor vier Jahren also wollte ich noch einmal im Springsport durchstarten.

Bedingt einer langen Krankheit zufolge hatte ich meinen geliebten Sport, das Springreiten, eine Zeit lang auf Eis legen müssen.

Mir war klar, ich brauchte für ein Comeback ein gutes Pferd, ein sicheres vor allem.

Ein Pferd, das mich zu Anfang wieder unterstützen und mir den Einstieg in den Sport erleichtern würde.

Ich entschied mich zum Kauf von "Charisma". Eine damals 14 Jahre alte Hannoveraner Stute mit guter Abstammung und einigen Sporterfolgen.

Nun muss ich gestehen, ich kaufte viele Pferde in meinem Leben "blind". Blind bedeutet, spontan, ohne sie vorher auszuprobieren. Die langen Anfahrtswege wollte ich mir sparen. Unnötige Spritkosten, der ganze Tag war im Eimer und hinterher ärgerte man sich doch nur, weil das Pferd nicht seinen Vorstellungen entsprach. Vor allem, wenn sie von meinem Wohnort viele Kilometer weit entfernt standen.

Oftmals entschied ich mich für ein Pferd spontan anhand einer Internet oder Verkaufsanzeige und gab gleich telefonisch den Zuschlag.

"Intuition" nenne ich solch ein tiefes Gefühl. Da vertraue ich meinem Bauchgefühl einfach seit jeher. Auf die Nase flog ich mit derartigen Aktionen eigentlich selten. Eigentlich ging das alles immer glatt über die Bühne. Wenn Käufer und Verkäufer untereinander ehrlich waren, dann konnte nichts schiefgehen. Mittlerweile wird das immer schwieriger, denn niemand ist heute mehr ehrlich. Autoverkäufer und Pferdehändler, sind die größten Verbrecher, sagte meine Oma immer.

So, diese meine Spontankäufe…

So war es damals auch mit Charisma.

Die Besitzerin brachte die Stute nach meinem „Blindkauf" mit dem Anhänger direkt bis zu mir nach Hause. Das fand ich sehr praktisch. Ich sparte mir eine Menge Zeit und auch Geld. Ich war mir sicher, das würde schon klappen mit der Stute. Die Videos, die ich zuvor gesehen hatte, waren alle akzeptabel, es schien sich um ein sehr gehorsames und leichttrittiges Pferd zu handeln bei der hübschen dunkelbraunen Stute.

Sofort war ich fasziniert von der Stute, in deren Adern mütterlicherseits deutlicher Trakehnereinfluss ihren Blutanteil bestimme. Gleich, als ich Charisma das erste Mal sah, war ich hingerissen von der Schönheit und dem Anmut des Tieres.

Charisma war so unglaublich hübsch!

Ein Blick in ihre wundervollen Augen und es war um ihren Betrachter geschehen.

Sanft war er, ihr Blick, das Fell glänzend wie Seide.

Der Charakter ehrlich und liebevoll. Das sah ich in ihren großen, klaren Augen. Ein Pferd zum Verlieben. Die Trakehner sind generell eine der wenigen Pferderassen, für die ich mich stets aufgrund ihrer Härte und ihres Leistungswillen begeisterte. Einen Trakehner den kannst du nicht kaputt reiten, sagte mein Reitlehrer immer. Aber diese Tiere sind auch von besonderer Natur und nicht für jedermann geeignet. Charakterlich sind es sehr sensible, feinfühlige Geschöpfe. Eine grobe Reiterhand kann diese Pferde sehr schnell verderben.

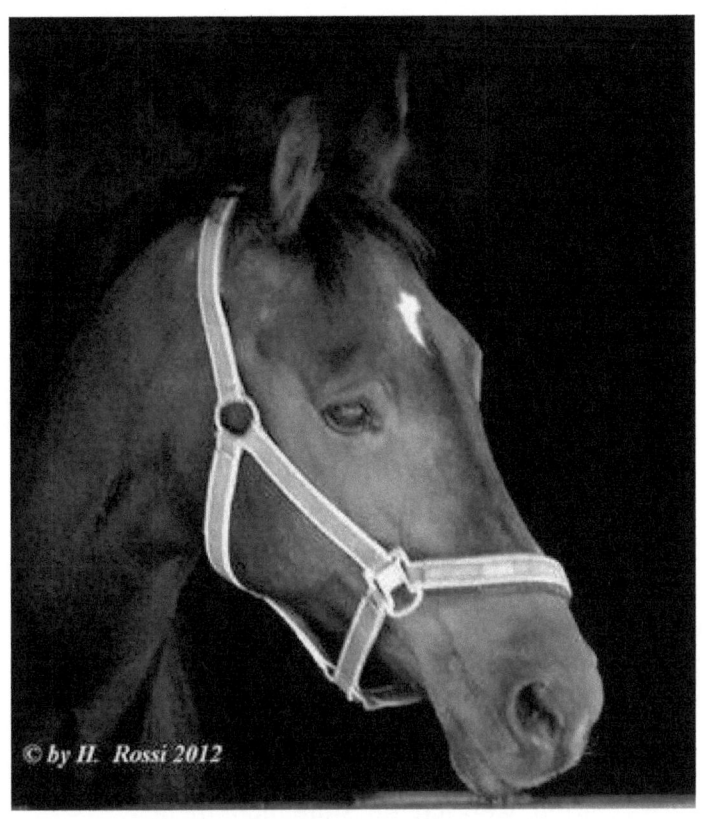

Nach einigen Tagen der Eingewöhnungszeit und den ersten "Reitrunden" mit Charisma kam bei mir jedoch schnell die totale Ernüchterung.

Charisma war ein unheimlich starkes Pferd! Ja, trakehnertypisch war sie! Eisenhart, zäh und unverwüstlich.

Charisma zu reiten, glich auf einem Feuerstuhl sitzend, bei dem Bremse und Lenkung nicht funktionierten.

Vom Sattel aus fühlte es sich an, als hätte man die Zügel in eine Betonwand verschnallt. Die Stute reagierte überhaupt nicht auf meine Zügelhilfen.

Eigentlich bin ich eine Reiterin mit feinen Hilfengebungen, aber bei Charisma hätte ich eine Profiausbildung im Bodybuilding gebraucht, um sie regulieren zu können. Mein Gott war das anstrengend! Mir blieb oftmals die Puste weg.

Ging ich mit Charisma ausreiten, verließen mich die körperlichen Kräfte und mir blieb tatsächlich die Luft weg. Da ich generell unter Atemnot litt, war es auf Charisma besonders schwierig, nicht zu hyperventilieren.

Einmal landeten wir im gestreckten Galopp direkt in Nachbars Garten, weil ich die Stute nicht mehr rechtzeitig bremsen konnte. Mit einer geschickten Lenkung vor dessen Garagentor, brachte ich das Pferd in letzter Sekunde zum Stehen. Mein erster Gedanke zunächst nach unseren ersten Reitversuchen:

Mit Charisma hatte ich mich völlig verkauft!

An einigen Tagen verfluchte ich die Stute gedanklich regelrecht. Charismas Energie konnte ich nicht bändigen.

Entsetzt über Charismas Verhalten, rief ich ihre alte Besitzerin an und bat sie, Charisma zurückzunehmen. Eigentlich flehte ich sie regelrecht an, Charisma wieder abzuholen. Mit diesem Pferd würde ich niemals glücklich werden, dessen war ich mir sicher.

Das junge Mädchen befand sich bereits im Studium und es war ihr somit nicht mehr möglich, Charisma zurückzunehmen. Damals war ich über den Umstand sehr traurig, dass ein Pferd in meinem Stall stand, das so gar nicht mit mir harmonieren wollte. Immerhin hatte ich eine Menge Geld für Charisma bezahlt, das mich zusätzlich schmerzte, weil ich für den Preis vielleicht ein anderes Pferd bekommen hätte, mit dem ich besser harmoniert hätte. Eigentlich war es meine eigene Schuld. Ich hätte Charisma ja ausprobieren können. Dafür war ich anscheinend zu faul gewesen, also, Dummheit bestraft das Leben!

Leider blieb mir nichts anderes übrig, als es so hinzunehmen. Mit Charisma hatte ich ein wunderschönes Pferd in meinem Stall stehen, dessen Anblick mich jedoch eher wütend als fröhlich machte, weil es mich gruselte, dieses Pferd zu satteln und voller Freude loszureiten. Freude ging für mich irgendwie anders! Die meiste Zeit des Tages verbrachte Charisma auf der Weide. Die Stute hatte bei mir zuhause einen sehr ruhigen Lenz. Reiten mochte ich Charisma eigentlich so gar nicht. Das war ja viel zu anstrengend.

Notgedrungen meldete ich aber irgendwann mit Charisma zu einem Turnier an. Dafür hatte ich mir die Stute immerhin angeschafft. Meinem eigenen Ego wollte ich in den Arsch treten. Los jetzt Anais, das Pferd ist da, du hast es unbedingt gewollt, nun sieh auch zu!

Ich dachte mir, entweder es funktioniert oder ich breche mir wahrscheinlich das Genick.

Mit Schrecken überlegte ich, wie ich Charisma um die Kurven auf dem Turnier im Parcours lenken sollte.

Ihre Lenkung funktionierte nicht und in meinen Augen schien diese ständig "Außer Betrieb" und defekt zu sein.

Eine Servolenkung gab es bei Charisma anscheinend nicht. Zumindest fand ich keine dazugehörigen Knöpfe, die man vielleicht bei dem Pferd hätte drücken müssen.

Meine Selbstironie betrachtete ich eher schmerzlich als humorvoll. Vor dem Turnier schob ich eine regelrechte Panik.

Unsere Prüfung klappte trotz all meiner Zweifel und vorherigem nächtlichen Albtraum erstaunlich gut!

Wir belegten auf Anhieb den dritten Platz in einem Springen.

Jedoch fühlte ich mich todunglücklich auf diesem Pferd. Wirklich.

Kräftemäßig war das Reiten mit Charisma absolut kein Vergnügen und auch

"Spaß am Reiten"

ging für mich irgendwie anders. So gern hätte ich die Stute am liebsten gleich wieder verkauft.

Allerdings, kaufen würde Charisma freiwillig niemand, dessen war ich mir sicher. Hätte ich Charisma vorher Probe geritten, vor meinem Kauf, sie also getestet und ausprobiert, ich hätte diese Stute im Leben nicht gekauft!

Ein Pferd, auf dem dir als Reiter die Arme abfallen und du keine Kontrolle über das Tier hast!? Wer kauft solch ein Pferd? Niemand!

Mein Gott, wie oft fluchte ich über Charisma.

Dabei war sie wunderschön anzusehen. Wenn sie auf der Koppel stand und ich ihr beim Grasen zusah.

Eigentlich ein Traumpferd.

Vom Pferderücken aus betrachtet handelte es sich bei Charisma um meinen persönlichen Albtraum.

Charisma kaufte ich damals im März und ritt gleich Anfang Mai das erste Turnier mit ihr.

Mitte Mai plante ich ein weiteres Turnier mit der "verrückten" Stute. Mit Schrecken und Magengrummeln dachte ich an das Turnier mit Charisma.

Zu diesem Turnier kam es nicht mehr…

Ein lauter Knall!!

In dem Moment ahnte ich sofort, dass etwas Schlimmes passiert sein musste.

Eines der Pferde auf der Weide hatte sehr wahrscheinlich ein anderes getreten.

Dieses Geräusch sitzt heute noch in meinen Ohren.

Wenn Knochen "zerschlagen" werden und brechen.

Mir wird schlecht, wenn ich mich heute an diesen albtraumhaften Augenblick von damals erinnere. Es ist das schlimmste, das einem Reiter in seinem Leben mit seinem Pferd passieren kann. Ebenfalls ist dieser schreckliche Gedanke der Horror und Albtraum eines jeden Reiters.

Zu dem Zeitpunkt, als das Unglück geschah, befand ich mich in den Pferdeboxen unterhalb der Weiden und konnte nicht gleich sehen, was passiert war.

Damals hörte ich nur den Knall.

Ich lief zur Koppel.

Ich rannte.

Schneller und schneller.

Voller Angst!

Mein Herz schlug mir bis zum Halse. Panik stieg in mir auf. Schreckliches vermutete ich.

Genau das war geschehen!

Charisma stand nur noch auf drei Beinen!

Oh mein Gott, bitte Nein!

Sie zitterte am ganzen Körper, ihre Augen waren entsetzlich weit aufgerissen. Blanke Angst und pure Panik erkannte ich in ihnen! Klatschnass geschwitzt war Charisma und nervlich völlig aufgelöst.

So gut es mir gelang, versuchte ich das Pferd zu beruhigen und führte es zu den Stallungen.

Diese erreichte Charisma nur noch mühsam und humpelnd auf drei Beinen.

Tränen schossen mir in die Augen beim Anblick des verstörten Pferdes.

Der herbeigerufene Tierarzt vermutete genau wie ich, eine Fraktur!

Leider konnte er damals vor Ort keine direkte Diagnose mitteilen, er musste zunächst in die Praxis fahren, um die Röntgenbilder auszuwerten.

Dieses Warten damals und meine Schuldgefühle gegenüber dem Pferd, waren für mich kaum zu ertragen.

An dem schrecklichen Unfall traf mich keine Schuld, natürlich nicht, aber wie sehr hatte ich zuvor über Charisma geschimpft?

Wie sehr hatte ich Charisma verflucht, weil sie nicht das Ideal war, das ich mir so sehr gewünscht hatte.

Wie selbstsüchtig von mir, ein Lebewesen zu verurteilen, nur weil es nicht meinen Vorstellungen entsprach.

In den drei Stunden des Wartens auf das Ergebnis der Röntgenbilder, fühlte ich mich so schlecht, wie selten zuvor in meinem Leben.

Niemals spürte ich derartige Schmerzen in meinem Herzen.

Ach Gott, ich wünschte mir, ich hätte alles rückgängig machen können.

Zu spät! Der Tierarzt stellte die Diagnose:

"Trümmerfraktur im Ellenbogen."

Das war eine harte Strafe für mich! Ein tiefer Schlag.

Unheimlich schmerzhaft traf mich die Mitteilung der Fraktur mitten ins Herz.

Damals empfand ich das Schicksal des Pferdes wahrhaftig als eine Strafe für mein Fehlverhalten und meiner daraus resultierenden Lieblosigkeit gegenüber Charisma.

Ein wehrloses Tier, das auf mich, meine Reaktionen und mein Verhalten gegenüber seiner eigenen Seele angewiesen war. Dieses Vertrauen hatte ich missbraucht. Hinsichtlich meiner gemeinen Gedanken!

Dessen Unterlegenheit hatte ich ebenfalls gedanklich missbraucht.

Benutzt hatte ich die Hilflosigkeit eines Tieres mit meinen gemeinen Gedanken ihm gegenüber.

Charisma war mir im Grunde genommen hilflos ausgeliefert.

Wenn wir es einmal ehrlich betrachten, jedes Tier ist seinem Besitzer hilflos ausgeliefert.

Der Mensch hat Sorge zu tragen, dass er gewissenhaft mit dem Leben des von ihm angenommenen Tieres umgeht. Jedenfalls...Unverzeihlich war mein Benehmen gegenüber dem Tier!

Ein wertvolles Pferd entsprach nicht meinen Wünschen und ich lehnte es auf Grund dessen ab.

Charisma war für mich nicht liebenswürdig, weil ich ihrem Temperament nicht gewachsen war.

An mir hätte ich arbeiten müssen, nicht das Pferd für seine Charaktereigenschaften verurteilen sollen! Ich war die Person, die an sich hätte arbeiten müssen. Wo war meine Disziplin? Ein jeder Reiter hat unbedingt Disziplin zu üben vor der Kreatur Pferd.

Charisma hätte ich einfach so akzeptieren können, wie sie war. Warum hatte ich es nicht getan? Charisma hatte sogar auf dem Turnier für mich alles gegeben. Alles ihren Möglichkeiten entsprechend!

Vielleicht wären wir doch noch ein gutes Team zusammen geworden!

Wenn ich Charisma und mir einfach die Zeit gegeben hätte. Die Zeit, um zueinander zu finden und gemeinsam miteinander zu harmonieren. Nun blieb mir gar nichts mehr von dem Pferd.

Ein Pferd mit einer Trümmerfraktur stand in meinem Stall.

Die Dramatik in der Bedeutung

"Beinbruch eines Pferdes"

kannte ich genau.

Ich wusste, dass es keine Chance gab. Dass es das Ende bedeutete.

Endgültig.

Aus und vorbei!

Charisma konnte ich nur noch zum Schlachter bringen!

So kam es dann auch…

Der Tierarzt fällte gnadenlos sein Todesurteil über das Leben des Pferdes.

Mir blieb nur noch die Wahl:

Entweder Einschläfern oder Bolzenschuss!

Eine kostspielige Operation kam nicht in Frage. Beim Aufstehen des Pferdes aus der Narkose wäre die Fraktur wahrscheinlich erneut gebrochen.

Der Tierarzt informierte mich hinreichend über unsere ausweglose Situation.

Somit entschied ich mich für den Bolzenschuss.

Schnell beenden wollte ich es.

Charisma sollte nicht noch leiden müssen.

Dazu musste ich Charisma allerdings in den Hänger verladen und in den Nachbarort fahren.

Der Termin mit dem Schlachter dort war bereits ausgemacht. Welch ein Horror!

Der schlimmste Albtraum wurde meine Realität.

Mein eigenes Pferd töten zu müssen...!

Für jeden Pferdebesitzer das nackte Grauen. Entsetzen und Fassungslosigkeit.

Ich persönlich konnte das nicht übers Herz bringen, Charisma töten zu lassen.

Niemals hätte ich Charisma herzlos in den Hänger aufladen und zum Schlachter fahren können.

Neben ihr stehenbleiben, bis der Schuss fiel und sie tot umgefallen wäre?!

Nein! Unmöglich!

Auch wenn Charisma nicht meine große Pferdeliebe war, sie war mein Pferd und mein Pferd konnte ich nicht zum Töten fortbringen.

Das Einschläfern kam aufgrund meiner kleinen Tochter damals für mich überhaupt nicht in Frage und war somit keine Alternative zum erlösenden Bolzenschuss.

Den Anblick eines toten Pferdes auf unserem Hof, den wollte ich ihr ersparen.

Ebenso hätte es mir das Herz zerrissen, erleben zu müssen, wie der Tierarzt Charisma bei uns zuhause eingeschläfert hätte.

Mit ansehen zu müssen, wie ein LKW mit dem großen Kran kurz darauf auf unseren Hof gekommen wäre, den Gedanken fand ich ebenfalls schrecklich.

Wenn dieser den leblosen Körper Charismas zum Abtransport in die „Seifenverarbeitungsfabrik" oder wohin auch immer gebracht hätte?!

Ein genauso schrecklicher Gedanke.

Unvorstellbar!

Noch schlimmer fand ich den Gedanken, mein Pferd zu Hundefutter verarbeiten zu lassen.

Aus meinen Kindheitserlebnissen erinnerte ich mich an den Pferdeschlächter in unserem Ort.

Herzlos schnitt er den Pferden im wahrsten Sinne des Wortes einfach die Hälse durch und ließ sie ausbluten.

Direkt auf der Koppel wenn es sein musste.

Bei einem der Pferde, die er im wahrsten Sinne des Wortes "geschächtet" hatte, war ich vor über 30 Jahren als Kind Zeuge.

Die grauenvollen Bilder vergesse ich nie wieder.

Eine Freundin erklärte sich bereit, die Horroraufgabe, Charisma „zu beseitigen", für mich zu übernehmen.

Sie erklärte sich bereit, den Anhänger mitsamt Charisma zum Schlachter zu fahren und so lange bei Charisma zu bleiben, bis diese erlöst war.

Erleichtert atmete ich auf, dass mir jemand die grauenvolle Aufgabe abnehmen wollte.

Wir saßen in der Küche und tranken zunächst Kaffee, plauderten und versuchten uns abzulenken.

Wie makaber, wenn ich an diesen Tag zurückdenke.

Wir machten beide gute Miene zum bösen Spiel.

Wie absurd.

Als es dann soweit war und wir Charisma verladen wollten, traf meine Freundin das erste Mal auf die Stute.

Nie zuvor waren sich die beiden begegnet.

Sie blickte Charisma in die Augen.

Betrachtete die Vorderbeine des Pferdes, strich Charisma über den Kopf und sagte zu mir:

„Dieses Pferd fahre ich nicht weg! Die Stute will leben, siehst du das nicht in ihren Augen?

Siehst du es nicht, das Leben in diesem Pferd?

Wenn du Charisma schlachten möchtest, erledige das bitte selber!

Dieses Pferd töten, das kann ich nicht!

Erwartet habe ich vor mir ein Pferd, das leidet, das erlöst werden möchte, weil es Schmerzen hat.

Ein Pferd, das den Kopf hängen lässt vor Schmerzen.

Vor mir steht ein Pferd mit klaren Augen und es macht mir nicht den Eindruck, als ob es sterben möchte!"

Meine Freundin reichte mir kopfschüttelnd das Halfter und den Führ-Strick.

Für einen Moment traf mich Sprachlosigkeit und völlige Verwirrung.

Wie bitte?

Machte sie Spaß?

Wollte sie Zeit gewinnen? Mich trösten?

Das konnte kein Trost sein.

Charismas Bein war hinüber.

Der Knochen war in zig Einzelteile zerlegt worden.

Das Röntgenbild sprach eine deutliche Sprache. Charisma litt an starken Schmerzen und musste deshalb zeitnah erlöst werden.

Dem Leiden des Tieres mussten wir ein Ende setzen.

Sollte ich den Pferdeschlachter etwa zu mir nach Hause bestellen und zusehen, wie er herzlos und ohne jegliches Mitgefühl Charisma auf seinen LKW des Todes verladen würde?

Nein, das konnte ich dem Pferd nicht antun.

Vielleicht schien das jedoch die bessere Idee, als Charisma selbst dorthin zu bringen.

So schlimm es für uns alle war, emotional in dem bitteren Moment der Wahrheit,

Charisma musste weg von meinem Hof, sie musste erlöst werden, es führte kein Weg daran vorbei!

Die offene Frage blieb "Wie" und "Wer" sollte das erledigen? Ratlos und entsetzt blickte ich meine Freundin an.

Charismas Blick damals, als meine Freundin Petra und ich vor ihrer Stall-Box standen und uns beratschlagten, wie wir mit der Stute verfahren sollten.

Ich glaube, Charisma wollte uns damals signalisieren, dass sie den ganzen Wirbel um sie herum gar nicht verstehen konnte, denn ans Sterben dachte sie persönlich überhaupt nicht! Aufmerksam und munter war sie.

Hätte ich die Röntgenbilder damals nicht gesehen, hätte ich das harte und grausame Urteil des Tierarztes nicht glauben können.

Tja, da war wirklich guter Rat teuer. Meine Freundin wollte Charisma nicht wegbringen, ich konnte es nicht.

Was sollte ich tun?

Was sollte mit Charisma geschehen?

Die Worte meiner Freundin Petra berührten und stimmten mich nachdenklich.

Einerseits war ich unheimlich sauer und enttäuscht, dass sie Charisma nicht fahren wollte. Immerhin hatte sie mir ihr Versprechen gegeben.

Erschrocken war ich natürlich auch über ihre Aussage, dass Charisma den Anschein machte, dass sie leben wollte, anstatt zu sterben.

Natürlich hätte auch ich dem Pferd eine Überlebenschance ermöglicht, wenn es einen Weg gegeben hätte, anstatt Charisma umzubringen.

Die Chance gab es aber nicht!

Wut und Traurigkeit vermischten sich mit dem Entsetzen, dass meine Freundin Petra sich dagegen wehrte, Charisma zum Schlachter zu fahren. Hilflos fühlte ich mich in einer Situation, die mich völlig zu überfordern schien.

Immerhin hatte Petra mir versprochen, die traurige Aufgabe zu übernehmen.

Was war es in den Augen des Pferdes?

Sprachen sie wirklich eine deutliche Sprache?

Hatte sie tatsächlich Recht, meine Freundin Petra?

Stand in Charismas Augen geschrieben, dass sie leben wollte?

Leben um jeden Preis!?

Konnte ich das denn nicht lesen oder wollte ich es nicht?

Mit den Tränen kämpfte ich.

Würde ich Charisma umbringen, gäbe es kein Zurück mehr, das hätte ich niemals wieder ungeschehen machen können. Eine Entscheidung, die ich nie wieder hätte ungeschehen machen können.

Mein Blick suchte verzweifelt den des Pferdes.

Charismas Blick aus ihren treuen und warmherzigen Augen trafen mich mitten ins Herz.

Das Leben konnte grausam sein.

Ja, es stand in Charismas Augen geschrieben und jeder Mensch mit nur etwas Gefühl konnte das auch in ihnen lesen...

Wenn er hinsah...!

Sieh in ihre Augen hinein! Diese sprachen eine deutliche Sprache

Charisma wollte leben und nicht sterben!

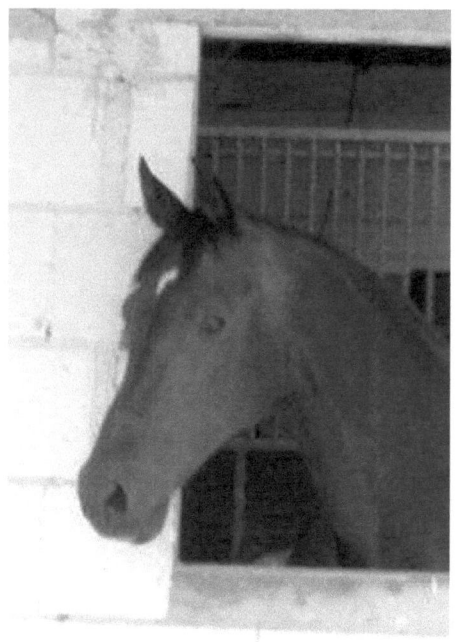

Nach Rücksprache mit dem Tierarzt, ob es tatsächlich keine andere Möglichkeit gab, als Charisma zu töten, sagte dieser, wir könnten versuchen, Charisma für mindestens sechs Monate in ihrer Box einzusperren. Wir müssten dafür Sorgen tragen, dass sie sich nicht hinlegen konnte. Anfangs hielt ich seine Aussage für einen Witz. Für einen sehr schlechten.

Wer Ahnung von Pferden hat, der weiß, dass das beinahe unmöglich ist. Pferde sind lauffreudige Tiere.

Ihr Organismus ist auf Bewegung ausgerichtet und nicht auf den totalen Stillstand. Charisma sechs Monate lang angebunden in der Box einsperren? Das schien mir Tierquälerei und aussichtslos ebenfalls.

Solch ein schweres Tier musste sich hinlegen.

Charisma konnte doch nicht über so einen langen Zeitraum ihr eigenes Körpergewicht tragen, ohne auszuruhen.

Das hätte selbst ein gesundes Pferd nicht schaffen können.

Es vergingen drei Tage, an denen ich mich immer wieder zu Charisma in die Box setzte und versuchte ihr zuzuhören, was sie mir zu sagen hatte.

Eine Entscheidung musste getroffen werden.

Emotional waren das besonders intensive Tage für mich.

Mein Gott, das Leben konnte wirklich grausam sein, wenn du als Mensch plötzlich über Leben und Tod entscheiden solltest.

Eigentlich war es meine Pflicht, das Leiden eines hilflosen Tieres zu beenden!

Ein Leiden hinauszögern?

Durfte ich das?

Hatte ich das Recht dazu?

Auf ein Wunder hoffen, konnte ich das?

Charisma sollte leben!!

Die Entscheidung hatte ich getroffen.

Egal was passieren würde, ich hatte mich entschieden,

„Das Unmögliche"

zu versuchen.

Ging die Sache schief, töten konnte ich Charisma immer noch.

Nach meiner Entscheidung, Charisma das Leben zu schenken, stand die Stute wie mit dem Tierarzt besprochen, angebunden auf einer Stelle in ihrer Box.

Beinahe völlig bewegungsunfähig.

Ein Heu Netz hing ich Charisma vor ihre Nase, damit sie beschäftigt war.

So zogen die Tage und Wochen ins Land.

Während Charismas Pferdekumpels den Sommer auf der Weide verbrachten, harrte die Stute eisern in ihrer Box aus.

Charisma muckte nicht auf. Nicht einen Tag schimpfte oder jammerte sie über ihr Schicksal.

Niemals wurde sie ungeduldig.

Ich glaube, Charisma wusste genau, was mit ihr geschah und was auf dem Spiel für sie stand.

Ihre Augen.

Ihr Blick. Immer fröhlich. Immer gut gelaunt.

Aufmerksam war sie, die Stute!

Sie beobachtete die täglichen Abläufe im Stall genau.

Ebenso beobachtete sie mich. Jede meiner Bewegungen.

Keine Einzelheit entging ihr.

Niemals wirkte dieses Pferd traurig oder gar niedergeschlagen, weder unzufrieden, noch garstig!

Nein!

Trotz der starken Schmerzen, die Charisma anfangs erleiden musste, blieb sie unglaublich tapfer.

Absolut entschlossen war sie, diese wahnsinnig starke Stute.

Entschlossen zu leben!

„Ausdrucksstärke" in ihrem Willen beschrieb dieses Pferd bestens.

„Ihren Weg" zog Charisma gnadenlos durch.

Sie tat mir unendlich leid.

Ihr trauriges Schicksal ging mir sehr nahe und berührte mich tief im Herzen.

Natürlich ging die Geschichte des Pferdes nicht nur mir zu Herzen.

Jeder Mensch, der Charisma kannte, verteilte eine große Portion Mitleid an mich und an das Pferd.

Helfen konnte uns damit niemand.

Der Menschen Mitleid schon gar nicht.

Wenn ich mit Charisma sprach, dann war es, als sagte sie zu mir:

„Anais, sei nicht traurig, alles wird gut!

Ich schaffe das!

Bitte nicht weinen! Bitte glaube an mich! An uns!"

Ja, verdammt was habe ich geweint. Unendlich traurig war ich und untröstlich.

Meistens weinte ich aus Ehrfurcht und Respekt vor diesem außergewöhnlichen Pferd.

Mein schlechtes Gewissen und die Schuldgefühle gegenüber Charisma brachten mich an manchen Tagen beinahe um.

Natürlich spürte Charisma, dass sie zu ihren gesunden Zeiten nicht wirklich willkommen war in meinem Leben.

In dieser fast aussichtslosen Lage, in der sich das Pferd befand, war es, als tröstete Charisma mich über meinen eigenen Schmerz hinweg.

Dabei erlitt sie selbst Schmerzen. Paradox oder? Aber auch wunderbar und faszinierend, die Geschichte zwischen Tier und Mensch.

Der Bruch des Ellenbogens schmerzte Charisma sicherlich höllisch.

Schmerzmittel gab ich der Stute damals keine, damit sie bloß nicht auf die Idee kam, sich in der Box vielleicht doch noch hinzulegen.

Das wäre ihr sicheres Todesurteil gewesen!

Natürlich weinte ich aus Traurigkeit. Hilflos fühlte ich mich, weil ich dem Lauf der Dinge nur gelähmt zusehen das Beste hoffen konnte.

Manchmal träumte ich in der Nacht, dass sich Charisma in ihrer Box hingelegt hätte.

Kerzengerade schoss ich aus dem Bett und lief zum Fenster.

Von meinem Schlafzimmerfenster aus konnte ich direkt hinaus zu ihrer Box sehen.

Charisma stand wie angewurzelt hinter der Stalltür. Tag und Nacht.

Bewegungslos.

Sie machte nicht einmal den Versuch, sich loszureißen oder sich niederzulegen.

Nachts lag ihr Kopf auf der Stalltür ihrer Außen Box gelehnt.

Die Augen hatte sie geschlossen.

 So schlief Charisma. Welch ein zu Herzen gehender Anblick.

Machtlos war ich gegenüber den Dingen, die ihren Lauf nahmen.

Fühlte mich ohnmächtig.

Es gab nichts tun für mich...außer zu hoffen und zu beten, dass unsere Geschichte ein gutes Ende finden würde.

Mein Schmerz, Charisma in dem Zustand zu erleben.

Es zerriss meine eigene Seele. Meine Güte, war ich verzweifelt.

Warum schlug das Schicksal so grausam zu? Charisma hatte doch niemandem etwas Böses angetan.

Womit verdiente Charisma dieses traurige Schicksal?

Antworten gab es keine.

Die Schuld suchte ich stets bei mir.

Sie fand ich in meiner Selbstsucht und in der Verachtung gegenüber dem Pferd.

Wie sollte ich das, was geschehen war, jemals wieder gutmachen können?

Einen erbitterten Kampf führte ich.

Ich ging sehr hart mit mir ins Gericht. Weinte aus Scham und Wut über mein eigenes Verhalten.

Charisma war so unglaublich "taff" und hart im Nehmen. Sie war wirklich äußerst zäh und widerstandsfähig.

Kein anderes Pferd, das je in meinem Besitz gewesen ist, war annähernd so kraftvoll wie diese Stute.

Charisma war während der schweren Zeit eindeutig stärker im Nehmen als ich. Sie steckte ihr Unglück erstaunlich gut weg.

Im Gegensatz zu mir. Ich litt wie ein kranker, räudiger Hund über Charismas traurigen Zustand.

Auch in ihrem Herzen war Charisma sehr stark.

Solch ein Schicksal zu verkraften, da gehörten Mut, Ausdauer, Stärke und ein phänomenaler Wille dazu.

Charismas eiserner Wille, um jeden Preis leben zu dürfen, berührte mich zutiefst.

Mein Respekt und die Achtung gegenüber der Stute wurden grösser und grösser.

Ehrfurcht und Demut überkamen mich.

Charisma war ein besonderes Pferd. Großartig und wundervoll war sie.

Einzigartig in ihrem Verhalten während der Zeit ihrer schweren Erkrankung.

Ihr vorbildliches Verhalten zeichnete ihre Liebenswürdigkeit aus.

Charisma verdiente nichts anderes als meine Liebe.

Das begriff ich, als wir beide notgedrungen aufeinander angewiesen waren.

Charisma war auf mich angewiesen, dass sie nicht sterben musste. Wenn ich die Nerven verloren hätte, hätte dass ihr Todesurteil bedeutet.

In einem gewissen Abhängigkeitsgefühl stand ich Charisma gegenüber, weil ich unsere "Geschichte" zu einem guten Ende bringen wollte. Meiner Meinung nach war ich dem Pferd das schuldig. Somit lag es allein in meinen Händen, alles dafür zu geben, dass Charisma wieder gesund wurde.

Charisma lehrte mich nebenbei ganz wichtige Dinge während unseres gemeinsamen Weges:

Respekt, Ehrfurcht und Demut

gegenüber einem Lebewesen.

Außerdem, wie es um Vorurteile im Leben bestellt war.

Damit meine ich nichts anderes, als dass ich Charisma vor ihrem Unfall verurteilt hatte in ihrer Art, in ihrem Sein, obwohl ich nicht annähernd wusste, wie wundervoll dieses Tier in seinem Herzen war und welche Güte es besaß. Charisma lehrte mich, "sie" zu lieben. Ein Tier lehrte mich, es zu lieben. Aufrichtig zu lieben.

Bedingungslos.

Klasse, oder?

Charismas Selbstlosigkeit meiner Person gegenüber war beispielhaft und berührend.

Zum Niederknien. Hingebungsvoll.

Charismas Charakter war einzigartig und wundervoll.

Dieses Pferd verdiente mehr als "nur" meinen Respekt und meine Achtung.

Selbst wenn sich die Tragödie „nur" zwischen einem Menschen und einem Tier abspielte, unsere Geschichte war einzigartig in ihrer Bedeutung.

Das Drama um Charisma lehrte mich „vieles" in der Zeit.

Charisma lehrte mich, ein anvisiertes Ziel nicht aus den Augen zu verlieren und für dieses Ziel zu kämpfen!

Charisma schenkte mir Kraft, an uns und unsere Geschichte zu glauben.

Unser beider Durchhaltevermögen war beachtlich.

Halt und Kraft fand ich während des Weges in Charisma selbst.

Charismas eiserner Wille, um jeden Preis überleben zu dürfen, trieb mich an, weiterzumachen.

Tag für Tag. Woche für Woche.

Wer nicht wagt, wird niemals gewinnen!

Das wunderbare Wort "Verzeihung" ließ mich Charismas Geschichte ebenfalls genauer hinterfragen. Hinsichtlich meiner eigenen Person.

Charisma hatte mir meine Nichtsympathie ihrer eigenen Seele verziehen.

Wahrscheinlich hatte sie mir das nicht einmal übel genommen! Übelgenommen, dass ich für die Stute kein Sympathieträger gewesen bin, anfänglich unserer Freundschaft.

Charisma akzeptierte und respektierte mich ohne Kompromisse.

Bedingungslos. Grandios, in einer schwierigen Lebenssituation oder nennen wir es auch Krise,

eine Reise ins eigene "Ich" zu unternehmen.

Nichts anderes durchlebte ich mental auf dem „Weg des Schicksals" mit Charisma an meiner Seite.

Kämpfen, um das Ziel am Ende eines steinigen Weges zu erreichen, den Charisma und ich gemeinsam durchstehen mussten! So lautete meine Aufgabe, die mir jeden Morgen beim Aufstehen wieder und wieder bewusst in den Kopf schoss.

Tränen und Traurigkeit überkamen mich häufig.

Zwischendurch schwächelte ich immer wieder, wollte beinahe aufgeben.

Alles hinschmeißen. Kapitulieren.

Meine Nerven hielten dem Druck kaum noch stand.

Mein Gewissen signalisierte mir, dass es für Charisma ein unwürdiges Leben war, das sie führte.

Angebunden und bewegungslos in ihrem Boxenknast.

Die Höchststrafe für ein Pferd, diese absolute Bewegungsunfähigkeit.

Grausam war mein Verhalten und unmenschlich, was ich dem Pferd antat, mit meiner Entscheidung, es einfach wegzusperren!

Unter Charismas Hufen krabbelten bereits die Maden.

Hufe auskratzen war nicht möglich, sie durfte das gebrochene Bein nicht zu stark belasten.

Jeden Tag, Stunde um Stunde, nur auf einer Stelle stehen zu müssen, wie grausam für das Tier!

Stellt Euch das einmal vor. Jeder der ein eigenes Pferd besitzt! Hättet ihr das geschafft?

Euer geliebtes Tier einzusperren für fast 200 Tage?

Vergesst bitte nicht, ihr hättet zusehen müssen, wie ihr aus einem Lebewesen, das zum Laufen geboren war, ein unbeweglich versteinertes "Etwas" gemacht hättet.

Ein "Etwas" das nicht mehr der Natur des Tieres entsprach. Dessen armseliger Anblick Euch das Herz schwer gemacht hätte.

Das ertragen zu können und mit ansehen zu müssen...Sterben zu dürfen, hielt ich ehrwürdiger für Charisma als in ihrem Gefängnis dahin zu vegetieren.

"Verrotten" hätte man es auch nennen können.

Zwischendurch spielte ich mit dem Gedanken, Charismas Zustand tatsächlich zu beenden.

Natürlich gab es damals auch Menschen, die mich aufrichtig darum baten, Charisma zu erlösen.

"Dem Leiden des Tieres ein Ende zu setzen".

Trotz alledem hielt ich irgendwie weiter durch.

Allen Widrigkeiten zum Trotz, ignorierte ich die Menschen, die an unserem Stall entlang kamen, weil sie dort zufällig spazieren gingen und mich mit lästigen Fragen bombardierten.

Warum das Pferd festgebunden in der Box stehen musste.

Was mit dem Pferd passiert war.

Warum es einen Unfall erlitten hatte und ob es die Idee meines Tierarztes gewesen wäre, ein Pferd in der Box monatelang angebunden einzusperren.

"Hirnverbrannt", beschimpften mich einige mir völlig fremde Menschen.

Tag für Tag hoffte ich, dass nicht jemand vom Tierschutzverein vorbei kam.

Unter Umständen hätte man mich zwingen können, Charisma zu töten.

Meine Methode der "Pferdehaltung" in Charismas Zustand mit einem gebrochenen Bein war zu dem damaligen Zeitpunkt sehr fragwürdig.

Äußerst brisantes Thema in der Rubrik

"Tierschutz".

Auf sehr dünnem Eis bewegte ich mich.

Dessen war ich mir bewusst.

Zu meinen seelischen Schmerzen über das Leid des Pferdes und in all dem Kummer kam das Wissen um die Gefährlichkeit der Angelegenheit erschwerend hinzu.

Charisma hätte jederzeit durchdrehen und ihr Knochen des gebrochenen Beines völlig "bersten" können, wenn sie die Nerven verloren hätte eines Tages und vielleicht in der Box randaliert hätte.

Ein Pferd in solch einem gesundheitlich schlechten Zustand bedeutete nichts anderes, als eine tickende Zeitbombe.

Gewissensbisse und die Frage nach dem, was richtig und was falsch gewesen war, beschäftigten mich damals Tag und Nacht.

Wer hätte mir die Frage, nach dem, was richtig und was falsch war, jemals beantworten können?

Töten des Pferdes oder aber der waghalsige Versuch, den Bruch einfach verheilen zu lassen?

Dem Tier lediglich Zeit geben?

Selbst ein Amtstierarzt hätte keine eindeutige Entscheidung treffen können, bei der er sich hätte sicher sein können, dass es die richtige gewesen wäre.

Bei Charisma handelte es sich nicht um irgendein Pferd wie jedes andere.

Ihr Schicksal ließ sich nicht anhand irgendwelcher tierärztlichen Erfahrungen aus Lehrbüchern pauschalisieren.

Wir befanden uns mit Charisma in einer Art „Versuch". Experiment hätte man es auch nennen können.

Versuch machte klug oder so etwas in der Art.

Ein Experiment mit ungewissem Ausgang.

Mein damaliger Freund besaß den Waffenschein. Er war berechtigt, im Notfall zu schießen oder jemanden zu erschießen.

Er hätte Charisma im Ernstfall erschießen können.

Ob mich das damals beruhigte?

Jederzeit hätten wir es beenden können!

Ich glaube, die Gewissheit, dass das Risiko gering war, beruhigte mich tatsächlich.

Dass wir scheitern würden, davon war mein Tierarzt damals überzeugt.

Ins Gesicht sagte er mir das allerdings nicht.

Falls er es getan hätte, hätte mich das von meiner Vorgehensweise abgehalten?

Hätte es Charismas Geschichte wesentlich verändert in ihrem Ausgang?

Ich weiß es nicht.

Wahrscheinlich ja...!

Ein großer Dank an meinen Tierarzt, dass er das damals für sich behalten hat.

Für sich behalten, dass er weder an Charisma noch an mich geglaubt hat.

Mittlerweile war es mir zu einem regelrechten Bedürfnis geworden, für und um dieses Pferd zu kämpfen.

Für Charismas Leben alles zu geben, was in meiner Macht stand.

Ganz egal wie und wo er endete, unser Weg.

Charisma und ich würden ihn gehen, bis zum bitteren Ende.

Das war mein Entschluss!

Die Stute hatte stets einen klaren Blick in ihren Augen. Aufgeweckt war ihr Verhalten.

Es ging ihr sichtlich gut.

Dessen war ich mir sicher und mein Gefühl, dass der Weg richtig war, den ich gewählt hatte, bestärkte mich, weiterzumachen.

Wir konnten das tatsächlich schaffen.

Charisma hatte wahrhaftig eine reelle Chance!

Damals verbrachte ich den größten Teil meines Tages zusammen mit Charisma.

Mein Tag gehörte dem Pferd. Meine Gedanken und Gefühle ebenfalls.

Wäre es Charisma wirklich schlecht gegangen, dann hätte ich sie erlöst.

Ja!

Natürlich.

Dass ich auch den Weg „des Tötens" immer noch hätte gehen müssen, mit Charisma, das war mir bewusst.

Jederzeit, jeden Tag, jede Stunde konnten unvorhergesehene Dinge mit Charisma geschehen.

Das Pferd hätte Kolik, Lymphangitis oder im schlimmsten Fall eine Lungenentzündung bekommen können.

Welch ein Wunder, alles lief reibungslos gut!

Charisma meisterte ihr Schicksal mustergültig.

Fast vorbildlich.

Zum Sterben bestand keinerlei Anlass.

Vom Tod entfernten wir uns Tag für Tag ein wenig mehr...!

Gib nicht auf Anais, dieses Pferd glaubt an dich!

Charisma liebt und braucht dich, sprachen meine Gedanken zu mir. Die Stimme meiner Seele sprach aus meinem Herzen. Verrückt oder?!

Ziemlich crazy die Story um dieses Pferd „Charisma".

Ein Pferd machte mir Mut. Mut, es nicht aufzugeben und es liebte mich!

Charisma liebte mich, egal wie ich mich entschieden hatte.

Tod oder Leben für Charisma.

Entscheidungsunabhängig.

Auch wenn ich sie getötet hätte.

Charisma liebte mich!

Das Schicksal eines Pferdes lag allein in meinen Händen.

Dieses Pferd liebte mich, trotz dass ich es nicht liebte. Zumindest tat ich das nicht am Anfang unseres Weges, vor dem grausamen Unfall.

So begann die Geschichte am Anfang des Weges in unserer Begegnung. Der Inhalt war eigentlich ein sehr trauriger und beschämender!

Wenn wir nicht einfach weiter gegangen wären und sich langsam aber sicher alles zum Guten gewendet hätte...

Charisma und ich, wir schrieben eine unglaubliche Geschichte.

Bewegten wir uns in Richtung eines Happy Ends?

Woher sollte ich das wissen?

Wissen, dass alles gut werden würde?

Charisma plötzlich lieben zu können, trotz, dass sie mir nie wieder das Ideal sein konnte, das ich mir immer gewünscht hatte, machte mich zu einem sehr glücklichen Menschen.

Vom ersten Tag an, als Charisma und ich uns begegneten, war es mein Wunsch, ein tolles Springpferd zu besitzen. Mit ihr. Dieser Stute. "Charisma".

Mein Wunsch, "es allen noch einmal zu zeigen!"

Der Traum zerplatzte durch das tragische Schicksal, das Charisma ereilte.

Der zerplatzte Traum spielte einige Wochen später schlagartig überhaupt keine Rolle mehr für mich.

An der Stelle der Geschichte nahmen meine Schuldgefühle gegenüber Charisma ab.

„Du bist frei in deinen Gedanken und der Wind trägt alle Zweifel fort"

In Charisma ruhten damals all meine Hoffnungen, mein sehnsüchtiges Comeback, mein Erfolg. Meine Leistung noch einmal unter Beweis stellen zu können.

Anfangs unserer Geschichte war ich egoistisch und selbstsüchtig in meinem Verhalten.

Verachtung schenke ich mir heute noch an der Stelle des Kapitels unserer Geschichte.

Dazu möchte ich sagen, in meinem Leben gab es nur zwei Pferde mit Beinbruch. Leandra und Charisma.

Für Leandra kam damals jede Hilfe zu spät. Sie musste sofort eingeschläfert werden.

Der Bruch hatte sich bereits im Knochen infiziert, es war eine offene Fraktur.

Da hast du als Pferdebesitzer keine Chance. Kein Tierarzt hätte das operiert.

Leandra wurde mir grausam vom Schicksal entrissen.

Nichts blieb mir.

Außer meine Traurigkeit um den Verlust meines geliebten Pferdes.

All die anderen Pferde, die nach Leandra später folgten, versuchte ich mit der Stute zu identifizieren, aber keines war annähernd wie sie.

Leandra zu verlieren, war der schlimmste Einschnitt in meinem Reiterleben.

„Charisma" jedoch blieb mir!

Damit tröstete ich mich damals unheimlich, dass mir Charisma erhalten geblieben ist.

Wir stellten uns entschieden gegen das Todesurteil trotz ihres Beinbruchs.

Wir versuchten etwas „Wundervolles". Nämlich, an das Gute im Leben zu glauben.

Und wir hofften auf ein Wunder.

Selbst mit dem Wissen, dass Charisma zu gar
nichts mehr taugen würde. Noch nicht einmal mehr als
Reitpferd für in den Wald zu juckeln.

Charisma wäre im Idealfall nur noch ein Pferd zum
Angucken, zum Liebhaben gewesen.

Auf der Koppel.

Na und?

Das war völlig in Ordnung!

Charisma war da, an meiner Seite. Charisma lebte und
das reichte mir aus!

Auf einmal bist du im Leben mit viel weniger zufrieden
und glücklich.

Weil du gelernt hast, wie wertvoll die Dinge im Leben
sein können und wie schnell du sie wieder verlieren
kannst.

Wie zerbrechlich sie sind.

Morgens nach dem Aufwachen, sprang ich aus dem Bett,
schob die Gardine beiseite, sah aus dem Fenster und
erblickte "meine Charisma".

Fröhlich war sie. In ihrem Blick erkannte ich das, ihre
Fröhlichkeit.

Ihren Namen rief ich hinaus auf den Hof durch das geöffnete Fenster.

Charisma hob den Kopf und wieherte mir freudig zu.

Obwohl sie noch immer angebunden auf nur einer Stelle in ihrer Box stand, schien sie zufrieden und ausgeglichen.

Tag für Tag.

Vom Sommer in den Herbst und vom Herbst gingen wir gemeinsam in den Winter.

Die Schneegänse beobachteten wir, als diese Richtung Süden zogen.

Charisma erfreute sich eines wundervollen Ausblickes aus ihrer Box.

Sie bewohnte eine der Außen Boxen mit "Promenadenausblick".

Ich erinnere mich an einen besonderen Tag.

An diesem hielt ich ihren Kopf liebevoll in meinen Armen. Charisma liebte es, von mir gekuschelt zu werden!

Aufmerksam blickte sie zum Himmel hinauf, an dem die Gänse entlang ihre Bahnen zogen. Der nahende Winter ließ sich in der kalten Luft bereits schmecken.

In solchen Momenten des Lebens spürte ich Glück in meinem Herzen.

Die klare Luft, ihr blauer, sternenklarer Himmel und meinen eigenen Atem als neblige Dunstwolke zu den Sternen hinaufsteigen zu sehen, was brauchte ich mehr im Leben zum Glücklich sein?

Zu Charisma sagte ich: "Wenn sie zurückkommen die Gänse, dann wirst du längst wieder auf der Weide galoppieren und alles wird so sein, wie ich es mir für dich wünsche!

Du wirst frei und glücklich sein!"

Charismas Anblick machte mich glücklich. Tag für Tag machte er das.

Charisma war „Alles" für mich!

Alles, was mir etwas bedeutete in meinem Leben.

Mein Gott, wie sehr liebte ich dieses Pferd.

Kann sich jemand vorstellen, wie es sich anfühlt? Die Erfahrung zu machen, wie viel mehr es dir plötzlich bedeutet, dass du auf einmal viel weniger besitzt als du vorher besessen hast?

Weil du weißt, dass du mit gar nichts hättest dastehen können?

Diese Erfahrung ist einzigartig.

Seit ich sie gemacht habe, bin ich im Leben generell viel gelassener geworden.

Ruhiger und ausgeglichener.

Einfach glücklicher.

Das ist auch eine Art von Freiheit.

Innerliche Befreiung.

Das Schicksal drehte den Spieß mit mir auf einmal um und ich fand mich in einer völlig anderen Situation wieder!

Ein Mensch, in dem Falle ich, wurde von einem Tier geliebt, trotz dass ich mich einfach nur grausam und ungerecht gegenüber diesem verhalten hatte.

Das ist schon... naja, mir fehlen gerade die passenden Worte.

Kann man sich denken oder?

Nicht, dass ich Charisma jemals geschlagen oder absichtlich schlecht behandelt hätte.

Nein. Natürlich nicht! Ein schrecklicher Unfall musste erst geschehen, damit sich meine Augen und mein Herz für Charisma öffneten.

Das war schlimm genug, um meine Schuldgefühle an die Spitze des Möglichen zu treiben.

Es noch ertragen und aushalten zu können! Schrecklich grausam.

„Gewissensbisse pur!"

Das schlimmste Gefühl, das dir passieren kann im Leben ist, wenn du plötzlich gespiegelt wirst und feststellst, dass du dich unmöglich benommen hast!

Egal ob gegenüber einem Tier oder einem Menschen.

Du erschreckst dich zutiefst vor dir selbst.

Charisma hatte mich auf eine Art gespiegelt.

Die Erkenntnis tat weh. Sie hinterließ eine Wunde in meinem Herzen.

Eine schlecht heilende.

Diese Narbe bleibt für den Rest meines Lebens in meiner Seele.

Jedes Mal wenn der Tierarzt zu uns auf den Hof kam, fragte er, wo das Pferd mit der Trümmerbruchfraktur sei!

Wenn ich ihm Charisma zeigte, sagte er fassungslos:

„Das glaube ich nicht! Das Pferd hat kein Gramm Muskulatur verloren, dieses Pferd hat vom auf der Stelle stehen keine dicken Beine.

Dieses Pferd sieht nicht unglücklich aus, dieses Pferd ist ein Wunder! Das kann nicht das Pferd mit der Fraktur sein! Unmöglich!"

Tatsächlich schaffte ich es, Charisma sechs Monate angebunden in der Box zu halten, ohne dass sie sich hinlegte.

Es war schon im November, die Weidezeit längst vorbei.

Charisma durfte sich nach der langen Zeit endlich wieder hinlegen.

Der Bruch musste stabil genug sein, um die Belastung aushalten zu können, sollte sich das Tier niederlegen.

Charisma konnte ich im Stall somit erstmals losbinden.

Dieser Augenblick!

Zu wissen, das Allerschlimmste war ausgestanden.

Gott sei Dank!

Er fühlte sich unbeschreiblich gut an und so verdammt zeitlos.

Was danach kam und wie es weitergehen sollte mit Charisma, daran dachte ich nicht.

Der Tierarzt und ich, wir waren uns einig gewesen, dass Charisma dauerhaft unreitbar sein und sie unter Belastung garantiert lahmen würde.

Bis Charisma überhaupt erst einmal wieder Laufen durfte und konnte, was ich sehr hoffte für die Stute, war es noch ein verdammt weiter Weg.

Sollte Charisma lahmen, weil sich ihre Muskeln verkürzt hatten, das war mir unwichtig.

Wichtig war nur, Charisma lebte!

Mein Gott, wir hatten es geschafft!

Tatsächlich hatten wir 6 Monate Anbinde-Haltung hinter uns liegen!

All die schlimmsten Befürchtungen waren ausgestanden!

Die Befreiung aus der totalen Isolation für Charisma.

Welch ein Ereignis!

Das sind Momente im Leben, die du nie wieder vergisst!

Da möchte man am liebsten schreiend im Kreis rennen, die Faust gen Himmel heben und juchend die ganze Welt umarmen!

Das Victoryzeichen stand jedenfalls in meinem Augen, das könnt ihr mir glauben.

Dezember 2012...

Charisma durfte erstmals aus ihrer Box hinaus und täglich außerhalb dieser ein wenig herumgeführt werden, mit langsamer Steigerung. Die Stute war so unendlich brav.

Jedes andere Pferd wäre wahrscheinlich kopflos davon geschossen oder hätte mich umgerannt aus Freude über die wieder gewonnene Freiheit.

Bei den Witterungsverhältnissen, die Straße an meinem Stall war teilweise glattgefroren, hätte Charisma auch stürzen können.

Nicht auszudenken, wenn sie ausgerutscht wäre.

Pferde können ihrem "Leittier Mensch" gegenüber schon mal sehr stumpf sein. Vor allem, wenn sie lange Zeit ihrem Bewegungsdrang nicht nachkommen durften. Unberechenbar und gefährlich können Pferde in diesen Situationen werden.

Da kann es lebensgefährlich sein, ein solches Pferd spazieren zu führen. Gehorsam lief Charisma neben mir die Straße auf und ab.

Hätte Charisma sich losgerissen oder mich umgeschubst, sie wäre auf der glatten Straße verloren gewesen.

Charismas Bewegungsmöglichkeiten konnten wir Schritt für Schritt erweiterten, indem wir Charisma auf der Weide einen kleinen Paddock absteckten. Etwa 4 x 4 Meter groß.

Damit sich ihre Beine an die wiederkehrende Bewegung gewöhnen konnten.

Dort durfte sich Charisma stundenweise auf „ihren großen Tag" vorbereiten und glaubt mir, auf den wartete sie geduldig und sehnsüchtig.

Charisma spürte instinktiv, dass er kommen würde.

Der Tag, an dem sie wieder laufen durfte!

(Charisma in ihrem Auslauf vor dem großen Tag)

Nach den vielen Tagen des An-der-Hand-Führens, kam schließlich der Tag, an dem Charisma auf die Koppel hinaus durfte.

Diese war mittlerweile schneebedeckt.

Aufgeregt war ich.

Das war ein Ereignis für mich, als würde die Berliner Mauer ein zweites Mal fallen.

So muss man sich diesen Augenblick vorstellen. Nicht dass ich den Mauerfall live erlebt hätte, aber dieses Ereignis, dass Charisma wieder laufen durfte, war für mich vor 4 Jahren

        "Weltbewegend".

Wir haben "den Moment" damals auf Video festgehalten.

Es gibt eine Seite auf Facebook von "Charisma", dort ist das Video eingestellt.

Das muss man einfach mal angesehen haben, dann weiß jeder Mensch, wie ein glückliches Pferd aussieht.

Auch diejenigen, die gar keine Ahnung von Pferden haben.

Das leise, kaum hörbare Klicken des Schnappers vom Führ Strick…

Halfter und Strick trennten sich…

Im selben Moment schoss Charisma los!

Sie galoppierte und tobte durch den Schnee, als hätte sie nie etwas anderes in ihrem Leben getan.

Voller Freude buckelte sie und keilte aus. Ihre Beine flogen hoch durch die Luft.

Die Freudensprünge wollten gar nicht mehr aufhören. Mit Hingabe verfolgte ich jede ihrer Bewegungen.

Gerührt war ich und fassungslos zugleich, das Schauspiel erleben zu dürfen.

Charisma tollte ausgelassen und munter durch den Schnee, als hätte sie nie etwas anderes getan in den letzten 7 Monaten.

Zwischendurch lief sie zu mir an den Zaun, hielt kurz inne, leckte meine Hand und preschte wieder auf und davon.

Sie schnaubte wie ein Wildpferd.

Charisma war so unheimlich happy an dem Tag.

Unbeschreiblich emotional und herzzerreißend ist diese Szene für ihren Betrachter gewesen!

Dieser Moment, nach 7 Monaten Gefängnis kam die Freiheit für Charisma zurück.

Unvergessen! Für immer ins Herz gebrannt all jener, die dabei gewesen sind!

Welch eine Geschichte! In dem Moment als das Pferd nach dem monatelangen Horrorszenario über die Weide galoppierte, wusste ich, Charisma war das Beste, das mir mein Leben jemals geben konnte.

Mein Freund, meine Pferdepflegerin, meine Reitbeteiligung, alle nahmen mich herzlich in den Arm, sie waren ebenso ergriffen wie ich und sie freuten sich für mich und Charisma.

„Ihr habt es geschafft!" Nie werde ich Lisas Worte vergessen.

Die Worte meiner damaligen Pferdepflegerin. "Charisma ist ein Wunder und dass sie wieder laufen darf, ist nur möglich, weil du an sie geglaubt hast! Charisma verdankt dir ihr Leben, Anais!"

Die vergangenen Monate waren wie ausradiert, wie weggeblasen.

Ein Pferd, das an diesem Tag Geschichte schrieb und sich in die Herzen derer galoppierte, die 7 Monate lang mit der Stute zusammen gelitten hatten.

Für mich war dieses Wunder unfassbar. Charismas Geschichte hatte mich zu dem traurigsten und glücklichsten Menschen gleichzeitig gemacht.

An diesem Tag weinte ich vor Rührung. Meine Freude war groß.

All der Schmerz der vergangenen Monate schien vergessen und all die Mühen hatten sich ausgezahlt.

Für nur diesen einen Moment. Charisma wieder in der Bewegung ansehen zu dürfen, dieser Tag bleibt unvergessen.

Als Charisma wieder regelmäßigen Weidegang haben durfte nach ihrem verheilten Beinbruch, war es eine Freude, ihr beim Herumtoben zuzusehen.

Charisma lief voller Stolz. Erhaben, unbeschwert und frei war sie. Es war, als hätte es nie diesen tragischen Vorfall vor einem dreiviertel Jahr gegeben.

Ein Wunder, diese Stute!

Winterzeit war es noch immer, als Charisma wieder täglich mit den anderen Pferden zusammen ihren Weidegang genoss.

Das Wetter bot nicht unbedingt ideale Bedingungen für ein Pferd, das sich 7 Monate zuvor nicht mehr hatte frei bewegen dürfen und festgebunden im Stall seine Zeit verbringen musste.

Der Boden auf der Weide war hart gefroren und somit sehr uneben. Natürlich hatte ich Angst.

Angst, dass der Knochen nicht halten und erneut brechen würde.

Angst, dass all das Warten, das Bangen und die Hoffnungen umsonst gewesen waren.

Ein falscher Tritt vielleicht und Aus! Vorbei!

Irgendwann sprang Charisma auf einmal über den Zaun. Einfach so.

Das war höchstens zwei Wochen später, nachdem sie überhaupt erstmals wieder hinaus durfte.

Vom Einkaufen kam ich.

Nachmittags.

Alles verschneit, glatte Straßen und die Pferde tobten im Schnee.

Als sie mein Auto hörten und es schließlich sahen, wussten sie, es gab gleich Futter. Da kam es am Zaun immer zum Gedrängel. Seit jeher.

Charisma setzte zum Sprung an...direkt aus dem Stand!

Zack!!

Mal eben über 1,30 Meter.

Meinen Augen traute ich nicht!

Puh, das kostet dich als Besitzer Nerven, das sage ich Euch!

Verheilter Beinbruch. Winter, Schnee und Eis, gefrorene Weide und

Charisma sprang mal eben über den Zaun!

Irgendwann sprach ich mit meinem Tierarzt über den Vorfall. Erzählte ihm von Charismas Zaunsprung.

Er kam und sah sich Charisma an. Im Stall und in der Bewegung auf der Weide.

„Was hast du mit ihr vor? fragte er.

„Sie soll eigentlich ein Fohlen bekommen!"

„Hatte sie schon ein Fohlen?"

„Nein!"

„Hast du je darüber nachgedacht, Charisma wieder anzutrainieren und zu reiten?"

Dieser Satz und seine Frage ließen mich damals wirklich staunen. Nein!

Das hatte ich nicht. Für mich war klar, dass Charisma nie wieder reitbar sein würde.

So schade es vielleicht auch war. An dieser Stelle der Geschichte räume ich der Ehrlichkeit halber persönlich ein, dass ich nicht wirklich scharf darauf gewesen bin, Charisma wieder zu reiten.

Unsere reiterliche Verbindung war einfach nie die beste, das habe ich am Anfang unserer Geschichte deutlich erwähnt!

Ein Fohlen aus der Stute zu ziehen und ihr ein schönes Leben auf der Koppel zu schenken, daran dachte ich.

So sah mein Wunsch für Charismas Zukunft aus.

Eigentlich...!

„Ich hätte zu gerne gewusst, aus medizinischer Sicht, ob es möglich ist, dass dieses Pferd wieder geritten werden kann!

Wie sich die Muskulatur entwickelt, unter Aufbautraining und ob sie Muskelverkürzungen aufzeigt die Stute.

Natürlich auch, wie sich ihr gesamter Bewegungsapparat durch das lange Stehen in der wiederkehrenden Bewegung verhalten wird.

Es wäre für uns Tierärzte wichtig zu wissen, was wir den Pferdebesitzern in solch einer eigentlich aussichtslosen Diagnose im Ernstfall raten sollen!

An erster Stelle steht doch die sofortige Euthanasie des Tieres.

So hatte ich es dir bei Charisma auch angeraten, Anais.

Entgegen aller Negativbedenken aus meiner medizinischen Sicht, hat dieses Pferd dennoch eine Fraktur überlebt.

Der Fall mit Charisma ist unheimlich selten und in tierärztlicher Geschichte so kaum vorgekommen!"

Das waren die Worte meines Tierarztes.

Die nächsten Wochen beobachtete ich intensiv Charisma in der Bewegung.

Lief Charisma überhaupt klar?

Zeigte sie Taktunreinheiten?

Schien es, als habe sie Schmerzen?

Nein!!

Charisma war ein völlig gesundes Pferd. Zumindest äußerlich.

Wer nicht wusste, welches Schicksal sie erlitten hatte, diese Stute, niemand hätte etwas bemerkt, ihr angemerkt oder angesehen.

Aus einem tiefen inneren Gefühl heraus beschloss ich, das Unmögliche zu probieren.

Charisma wieder anzutrainieren.

Charisma war steif, ungelenkig und eingerostet. Natürlich!

Das waren 7 Monate Stillstehen und ihre Auswirkungen.

Die ersten Longe-Arbeiten waren nicht vielversprechend.

Charisma jedoch wollte arbeiten. Sie war voller Elan. Trotz ihrer 15 Jahre schien sie kein bisschen müde zu sein.

Eisenhart dieses Pferd!

Nach den "Longe-Tagen" folgten "Sattel auflegen" und

„Das Aufsitzen".

Meine Reitbeteiligung, ein Fliegengewicht, übernahm die Aufgabe.

Mein Gott, welch ein Moment, dieses Pferd wieder unter dem Sattel zu sehen.

Damals wischte ich mir viele Tränen der Rührung fort. Völlig ergriffen war ich.

Wir alle waren das damals.

Meine Pferdepflegerin, mein Freund, meine Reitbeteiligung, sogar meine damals achtjährige Tochter.

Niemand konnte glauben, dass Charisma wieder geritten wurde.

Charisma lief klar, es waren keine Lahmheiten zu erkennen.

Vielleicht lief sie anfangs eirig und steif, aber sie lief im Takt absolut sauber.

Die verrückte Entscheidung, sie "Freispringen" zu lassen, Charisma also wieder an Hindernisse heranzuführen, war schnell getroffen.

Mittlerweile wollten wir alle wissen:

Was würde geschehen?

Nachdem meine geschulten Augen, die immerhin 30 Jahre Reiterfahrung auf dem Schirm haben, nach den ersten Versuchen sahen, dass Charisma am Sprung nur noch wenig Qualität hatte, sie schmiss fast jedes Hindernis um, wollte ich der Stute das weitere Trainieren eigentlich ersparen.

„Das hat keinen Zweck! Charisma winkelt die Vorderhand nicht mehr genügend an!

Springpferd wird sie nicht mehr die Stute", sagte ich zu meiner Reitbeteiligung.

Das enttäuschte Gesicht des Mädchens, das voller Hoffnung war, habe ich nie vergessen.

Voller Hoffnungen, mit Charisma einmal durch den Springparcours galoppieren zu dürfen.

Vielleicht schränkte Charisma der verheilte Bruch im Anwinkeln des Ellenbogens zu sehr ein, sinnierte ich.

"Lass es uns bitte weiter probieren!

Bitte!" bettelte meine Reitbeteiligung.

Das Mädel war damals ebenso alt wie Charisma.

Ich hatte Charisma als Sportpferd abgehakt.

Den Glauben verloren. Den Glauben, ein weiteres Wunder zu erleben, dass Charisma noch einmal zurück in den Sport gekommen wäre.

Mein Gott, damit hätte Charisma Geschichte geschrieben.

Wir alle hätten das getan! Und was für eine.

Jedoch war es nicht eigentlich *"Wunder genug"*, dass dieses Pferd, das zum Tode verurteilt war, weil es einen Beinbruch hatte, wieder laufen konnte?

Gut, aus der Traum.

Wir würden Charisma nicht noch einmal im Springparcours wiedersehen!

Meine Reitbeteiligung ließ sich jedoch nicht von mir beirren.

"Ich habe in ein paar Wochen ein kleines Springen genannt mit Charisma!" Berichtete sie mir stolz.

Mit meiner Reitbeteiligung funktionierte Charisma übrigens sehr gut.

Ein kleines, dünnes, eigentlich kraftloses Mädchen konnte dieses starke Pferd prima am kleinen Finger reiten.

Zwischen uns untereinander hat es keinen Neid gegeben. Wir waren ein Team.

Alle, die mit Charisma zu tun gehabt haben im Laufe der Zeit, Pferdepflegerin, Reiterin, ich als Besitzerin, harmonierten hervorragend und wir hielten zusammen.

Wir kannten Charismas Geschichte zu genau und waren uns über dieses Wunder bewusst, welches sich uns offenbarte.

Für jeden von uns war das damals etwas sehr Kostbares, was wir mit dem Pferd zusammen erlebt hatten.

Zu dem Zeitpunkt war Charisma seit einem halben Jahr wieder unter dem Sattel.

Ein halbes Jahr nur…Wir fuhren hin zu diesem Turnier.

"Wenn Charisma die Turnieratmosphäre spürt, dann gibt sie sich schon Mühe!" prophezeite meine Reitbeteiligung.

Das Mädchen war glücklich damals, dass sie Charisma reiten durfte und dass ich es erlaubt hatte, dieses Turnier.

-Welches ich im Grunde genommen als eine äußerst fragwürdige Aktion betrachtete!

Das Turnier lag weit abseits unseres sonstigen Teilnahmeumfeldes.

Wir wählten das damals bewusst so, damit wir uns nicht blamierten.

Wenn jemand gehört hätte, Pferd mit Beinbruch bestritt wieder Springturniere.

Was hätte das bedeutet?

Die Menschen reden seit jeher schlecht über andere Menschen. Wenn auch nur hinter vorgehaltenen Händen.

Dieses dumme Gerede, das wollte ich mir einfach ersparen.

Auf dem Turnier, wo wir hinfuhren, kannte uns niemand.

Charisma beendete den Parcours an dem Tag zu meinem Erstaunen fehlerfrei.

Charisma war zwar nicht placiert, aber sie kam einwandfrei ins Ziel.

Ich traute meinen Augen nicht, wie spielerisch Charisma durch den Stangenwald galoppierte.

Sprachlos und zutiefst berührt war ich. Was für ein großartiges Pferd meine Charisma?!

„Meine Charisma"...

Ein kleines Springen war es "nur" gewesen. Gut. Aber dass das überhaupt möglich war.

Charisma wieder in einem Springen starten zu lassen und dass sie dieses obendrein fehlerfrei absolvierte, das fand ich unglaublich.

Es war **UNGLAUBLICH!!**

Charisma zu Ehren eröffnete ich ihr eine eigene Facebookseite.

Dort erzählte ich ihre Geschichte:

Trotz Beinbruch zurück zum Springpferd!

Die Sensation schlechthin.

Das hätte eigentlich für alle Beteiligten von uns, die mit dem Pferd damals zu tun hatten, Respekt und Anerkennung verdient gehabt.

Stattdessen kamen wir auf dem nächsten Turnier direkt vom Springplatz in die Dopingkontrolle.

Da hatte uns bewusst jemand angeschissen.

Unvorstellbar! Pferd mit Beinbruch sprang wieder, so etwas ging nur gedopt!

Noch heute, 4 Jahre später, lache ich kopfschüttelnd über die Dummheit der Menschen.

Wenn du 30 Jahre lang Pferdesport machst, da hast du es nicht nötig, so eine krumme Nummer abzulegen.

Immerhin hatte ich außer meinem Ruf, der aus Neid sowieso nie der Beste war, auch noch meinen Namen zu verlieren.

"Springpferd mit Beinbruch gedopt!"

Tolle Schlagzeile. Fanden einige meiner **"Feinde"** damals garantiert lustig.

Sonst wären wir in diese unmögliche Situation sicherlich **NICHT** gekommen.

Natürlich war das Ergebnis der Kontrolle negativ!! Allerdings war der Test für Charisma damals eine einzige Strapaze.

Nach dem schmerzhaften Beinbruch brachte Charisma den Tierarzt nur noch mit direkter Gefahr und Schmerzen in Verbindung.

Tierärzte ließ Charisma nicht mehr annähernd in ihre Nähe.

Generell nicht mehr.

Urin wollte Charisma damals zur Dopingkontrolle nicht absetzen, also musste ihr Blut entnommen werden.

Diese unsinnige Prozedur bedeutete der Horror für uns alle.

Charisma kannte bei Tierärzten kein Pardon mehr und die Angelegenheit, ihr " mal eben" Blut zu entnehmen, wurde für uns alle sehr gefährlich!

Lebensgefährlich zum Teil. Charisma biss um sich, sie stieg und schlug aus.

Sie hatte Angst.

Angst vor dem Schmerz. Den hat sie nie wieder vergessen in ihrem Leben.

Der Knall damals und der Bruch ihres Beines. Ein unvergessenes Trauma für die Stute.

Im Zusammenhang mit ihrer später folgenden Panik vor dem Tierarzt sehr gut nachvollziehbar.

Trotz dass ich die Turnierleitung an dem Tag gebeten habe, auf die Probe zu verzichten, zum Wohle des Pferdes, wurde solange hantiert, bis man die Probe endlich hatte.

Charisma war mit den Nerven an dem Turniertag am Ende.

Wir waren es auch.

Schönen Gruß an der Stelle an die Menschen, die uns damals in die gefährliche Situation auf dem Turnier gebracht haben!

Wir sind vom Reiterverband nicht gesperrt worden, wie von diesen Menschen wahrscheinlich erwartet.

Die Ergebnisse waren natürlich tadellos.

Wir beschlossen, es der Reiterwelt noch einmal richtig zu zeigen.

Zu zeigen, was mit Charisma überhaupt möglich war!

Charisma fand im Laufe von eineinhalb Jahren zu ihrer alten Form zurück.

Sie trug meine Reitbeteiligung durch das für sie erste L Springen direkt in die Placierung.

Charisma trug meine andere Reitbeteiligung durch das für sie erste M Springen.

Charisma war Programm. Charisma war Konkurrenz.

Charisma war voller Ehrgeiz! Charisma, go... !!!

Nachdem dieses Pferd vor meinen Augen ein recht schwieriges M Springen absolviert hatte, war ich nervlich so angeschlagen, dass ich eine ganze Nacht lang nach dem Turnier geweint habe.

Aus Demut wahrscheinlich. Demut vor der Kreatur Tier. Vielleicht auch aus Fassungslosigkeit, ein Wunder erlebt zu haben.

(Foto zeigt Charisma und meine Reitbeteiligung)

Einmal bekam Charisma, diese Wunderstute, Kolik!

Sie wäre beinahe daran gestorben. Sie ließ den Tierarzt ja nicht an sich heran…

Die lebensnotwendige Spritze konnte er ihr nicht geben. Es war nichts zu machen.

Charisma drehte an dem Abend völlig durch.

Aus Sicherheitsgründen des Tierarztes und aus Sorge um dessen Leib und Leben, mussten wir die weiteren Versuche einer lebensnotwendigen Behandlung für Charisma abbrechen.

Transportfähig war Charisma damals nicht gewesen.

"Entweder sie stirbt", oder sie überlebt!"

Mit diesen grausamen Worten verließ der Tierarzt uns in jener Nacht.

Die ganze Nacht blieb ich bei Charisma in der Box sitzen.

Ich weinte.

Ich betete. Ich hoffte. Ich sprach zu Gott...

"Nein! Du kannst dieses Pferd, das einen Beinbruch überlebt hat, jetzt nicht an Kolik sterben lassen!" flehte ich gen Himmel.

Das wäre eine Tragödie gewesen...

Das hätte ich niemals verkraftet.

Charisma überlebte die Kolik. Sie erholte sich gut. Sie war schnell zurück im Sport. Sie liebte es, über die Hindernisse zu springen.

Nichts tat sie lieber.

Charisma war ein Kämpfer!

Von Anfang an ist sie das gewesen.

Sie hat uns allen gezeigt, dass man niemals aufgeben darf im Leben. Vor allem mir.

Es gibt Wunder im Leben!

Seit ich dieses Pferd kenne, glaube ich fest daran und ich weiß es heute ganz sicher, denn ich habe es gesehen und erlebt!

Ich war dabei.

Danke Charisma.

Für Alles, das du mich gelehrt hast.

Ich werde dich NIE vergessen!!

Charisma lebt heute mit 18 Jahren in einer lieben Familie und dient als Lehrpferd für die Kinder.

Sie ist fit wie eh und jeher. ❤

In tiefster Anerkennung.

In Liebe.
Respekt.
Achtung.
Dankbarkeit.
Demut.

Deine ~Anais~

Charisma… Stolz wie immer. Ihr Blick… Unvergessen

Nachwort

Weitere Erzählungen nach wahren Begebenheiten meiner Pferde sind angedacht.

Ich möchte mich bei all den Menschen bedanken, die mich bisher auf meinem Weg begleitet und durch Spendenbeiträge u.a. für mein Pferd "Classic Star" unterstützt haben.

Das kranke Pferd "Classic Star" hat meine finanziellen Reserven aufgebraucht und die Erstellung eines Buches kostet bekanntlich eine Menge Geld.

Die Möglichkeit der Werbung in großer und aufwendiger Form für meine Bücher, habe ich leider nicht. Ebenfalls nicht für ein sehr gutes Lektorat.

Ich kann nur hoffen, dass sich meine „Geschichten" von allein verbreiten, durch Werbung von Euch, wenn sie Euch gefallen haben!

Ich finanziere alles alleine.

Ich schreibe für keinen Verlag und ich habe auch keine Sponsoren.

Ich schreibe, weil es mir ein Bedürfnis ist und weil es mir Spaß macht. Ich bin lediglich eine Hobbyautorin und ich glaube, ganz so schlecht sind die Geschichten gar nicht. Wer den Anspruch eines Buches sucht, wird bei mir enttäuscht werden, das ist wohl so.

Ja, es ist Berufung und mein Traum.

Mein Traum, meine Geschichten zu erzählen, öffentlich.

Emotionen und Herzensdinge loszuwerden, sich mitzuteilen, ist manchmal lebensnotwendig.

Mit meinen Pferden habe ich sehr viel erlebt.

Einige der Pferde verdienen es, dass sie nicht vergessen werden!

Deshalb soll ein „Serienband" (Pferdeschicksale) entstehen mit all den Pferden, die im Laufe meines Lebens besondere oder außergewöhnliche Geschichten geschrieben haben, die auch für andere Menschen interessant sein könnten.

Da werden noch einige folgen! Charisma und Classic Star sind „nur" zwei Erzählungen von vielen, die noch kommen mögen!

Ich schreibe mir die Dinge von der Seele, um sie zu verarbeiten!

Wir brauchen Menschen um uns herum, die Anteil an unserem Schicksal nehmen.

Danke, dass Ihr es mit dem Lesen meiner Bücher getan habt!

Mit der Schreiberei verdiene ich kein Geld.

Im Gegenteil.

Ich stecke eigentlich nur Geld in dieses "Hobby" rein und mein Herzensblut! Ich bemühe mich immer, die Bücher so günstig wie möglich für Euch zu halten. Ich habe im Laufe der Zeit, in der ich öffentlich mit meiner Literatur auftrete, vieles gelernt. So werdet Ihr bestimmt irgendwann zufrieden sein mit dem Preis Leistungsverhältnis, das ich Euch bieten kann.

Ein Foto-Buch von "Classic" Star & " Charisma" wäre eines meiner kleinen persönlichen Träume.

Ihre Wege noch einmal fotografisch „Revue" passieren zu lassen.

Das wäre mein persönlicher Wunsch vielleicht zu Weihnachten.

Es würde mich riesig freuen, wenn das irgendwie klappen würde.

Ihr könnt uns (Classic Star, Charisma und mich) auf Facebook in unserem Blog "Sorgenkind" und "Charisma" oder auch die anderen Pferde auf "Meine Pferde Warinja & Co" besuchen und weiter verfolgen.

Ich danke Euch recht herzlich!

Danke

Besonders bedanken möchte ich mich bei meiner Freundin „Petra Leseberg".

Nur durch sie hat mein Pferd Charisma überlebt.

Wenn Petra damals den Anhänger mit Charisma zum Schlachter gefahren hätte...

Nicht auszudenken!

Danke Petra!

Anais

„Du bist ein großer Champion! Wenn du galoppierst, bebt die Erde, der Himmel öffnet sich und der Weg ist frei! Der Weg zum Sieg. Nach dem Rennen treffen wir uns im Kreise der Gewinner und ich hülle dich in eine Decke aus Blumen!"

Aus:

(Dreamer, ein Traum wird wahr)

© 2016 Anais C. Miller

Alle Rechte vorbehalten.

ISBN: 9783743137226

Herstellung und Verlag: BoD - Books on Demand, Norderstedt